YIN YANG

par **Michel Schetter**

LES LETTRES DE PEARL

Schetter éditeur

-Distribution-Diffusion exclusive pour la France et Dom-Tom:
Les Messageries du Livre
Avenue d'Italie, 12; 75627 Paris Cedex13
-Distribution-Diffusion exclusive pour la Belgique, le Zaïre
et le Grand-Duché de Luxembourg:
Agence et Messageries de la Presse
Rue de la Petite-Ile, 1; 1070, Bruxelles
-Distribution-Diffusion exclusive pour le Canada:
Diffusion Dimedia
539, Boulevard Lebeau, Ville St-Laurant, Québec, H4N 1S2.
-Distribution-Diffusion exclusive pour la Suisse:
Diffulivre
Rue des Jordils, 41; 1025, St-Sulpice

Première édition déposée: Octobre 1991.
Imprimé en Belgique par **Proost**, Turnhout.
Schetter Editeur
103, chaussée de l'orangerie; 1300, Wavre. (Belgique)

ISBN: 2-87366-000-7 et 2-87353-090-1

?
PSIITT, JOHNNY...
!?
JOHNNY CHÉRI, J'AURAIS TRAVERSÉ TOUT LE PACIFIQUE POUR TE TROUVER... !
MAIS !? JE NE VOUS AI JAMAIS VUE ET VOUS CONNAISSEZ MON NOM...??!!!?
...CHUT ! PLUS BAS, JOHNNY CHÉRI... ! NE ME VOIS-TU PAS MAINTENANT...?...
...ET SI TU EN VEUX PLUS, JE T'OFFRIRAI MON COCKTAIL PRÉFÉRÉ AU BAR COLONIAL D'HONOLULU, JOHNNY CHÉRI...
PEARL 1

VOILÀ ! L'UN DES NAGEURS REVIENT VERS L'APPONTEMENT OÙ L'ATTENDAIT LE VEILLEUR. ILS REJETTENT UNE SORTE DE PERCHE...
ILS VONT VERS LEUR AUTO...
ET LA FILLE ?!
TOUJOURS DANS LA FLOTTE ! JE L'AI PERDUE DE VUE QUAND ELLE NAGEAIT PRÈS DES NAVIRES !!...!? OH !... UN GARDE LES A SURPRIS...!!!
ON LES PREND EN CHASSE, BOSS !?
NON, ON LES A DÉJÀ FICHÉS, CEUX-LÀ..., LAISSE-LES ALLER...!
...T...T...T...TT... UUUUTT...T...T...TUT...TUT..T..TUUUT...TT...TUTTUT.. TOUUUTT..TUT..T...TUT.. TOUUTTUTUT..TUTT..TUUUTT..T...

...TOUTT..TUT...TUUUUTT...TUTUTT...TOUTT..TT...TUUU...TUTT...
... Chère Alicia,
Comme tu dois te sentir bien isolée sur ces îles, loin de tes parents, de tes amis, quand ton époux supporte tant de devoirs.
Comme ce mariage japonais où tu n'as pas voulu te rendre... avec ton cœur !
Farouche rebelle, tu n'as jamais aimé les folklores et la religion, qui te récupèreront bien en chemin !...
Chère Alicia, tu brûles tes feux de jeunesse aux vents de ces îles, où tu n'as rien !
Pas d'enfants, ni d'étincelles de vie. De soirées bruyantes, comme lorsque tu saisissais à feu doux le corps moite de tes frères mexicains, à Monterrey !
Oh ! Tu ne les as pas vraiment goûtés.
Par prudence. Alors que, maintenant, tu pourrais, tu voudrais, tu devrais...
Je t'ai bien devinée, n'est-ce pas ? Ne dis surtout rien à ton mari !
Je t'écrirai encore, chère Alicia.
C'est promis...
Princesse de lune
À L'INTENTION DES SERVICES DU CAPITAINE DE CORVETTE ROCHEFORT, QUATORZIÈME DISTRICT NAVAL, PEARL HARBOUR...
...CE 16 JUIN 1941, JUSTE APRÈS SON MARIAGE, SEISHIRO SHIMA A EMBARQUÉ SUR LE TATSUTA MARU, AVEC SA JEUNE ÉPOUSE ET DE NOMBREUX BAGAGES. LE CONSUL JAPONAIS D'OAHU LES A ESCORTÉS AUPRÈS D'UNE PIROGUE D'HONNEUR. UN GESTE QUI SOULIGNE LE CLIMAT DE SYMPATHIE ENTRE SHIMA, LES INDIGÈNES ET LE CONSUL. LE RÔLE IMPORTANT DE SHIMA DANS L'ORGANIGRAMME DES SERVICES DE RENSEIGNEMENTS JAPONAIS, À HAWAÏ...
JE NE PEUX VOUS FOURNIR D'INFORMATIONS SUR LA DURÉE DE SON ABSENCE, SON ÉVENTUEL REMPLAÇANT !... IL N'Y AVAIT À SON MARIAGE QUE DES LAMPISTES GRAVITANT DANS LEURS BESOINS ÉCONOMIQUES...
LIFE

(*) O.N.I. : BUREAU DES RENSEIGNEMENTS NAVALS.

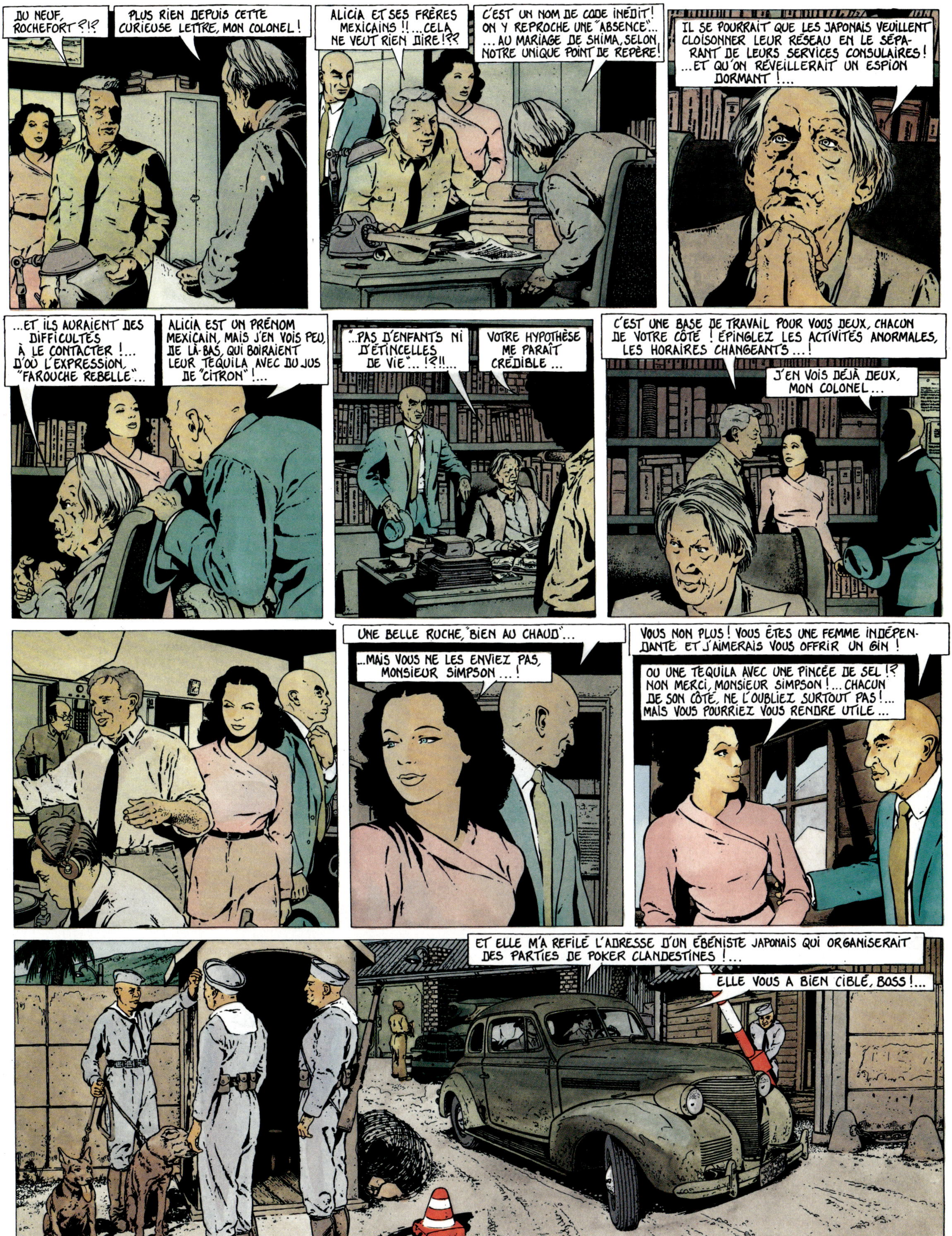
DU NEUF, ROCHEFORT ?!?
PLUS RIEN DEPUIS CETTE CURIEUSE LETTRE, MON COLONEL !
ALICIA ET SES FRÈRES MEXICAINS !! ...CELA NE VEUT RIEN DIRE !??
C'EST UN NOM DE CODE INÉDIT ! ON Y REPROCHE UNE "ABSENCE"... ...AU MARIAGE DE SHIMA, SELON NOTRE UNIQUE POINT DE REPÈRE !
IL SE POURRAIT QUE LES JAPONAIS VEUILLENT CLOISONNER LEUR RÉSEAU EN LE SÉPARANT DE LEURS SERVICES CONSULAIRES ! ...ET QU'ON RÉVEILLERAIT UN ESPION DORMANT !...
...ET ILS AURAIENT DES DIFFICULTÉS À LE CONTACTER !... D'OÙ L'EXPRESSION "FAROUCHE REBELLE"...
ALICIA EST UN PRÉNOM MEXICAIN, MAIS J'EN VOIS PEU, DE LÀ-BAS, QUI BOIRAIENT LEUR TEQUILA AVEC DU JUS DE "CITRON" !...
"...PAS D'ENFANTS NI D'ÉTINCELLES DE VIE"... !?!!...
VOTRE HYPOTHÈSE ME PARAÎT CRÉDIBLE ...
C'EST UNE BASE DE TRAVAIL POUR VOUS DEUX, CHACUN DE VOTRE CÔTÉ ! ÉPINGLEZ LES ACTIVITÉS ANORMALES, LES HORAIRES CHANGEANTS ... !
J'EN VOIS DÉJÀ DEUX, MON COLONEL...
UNE BELLE RUCHE, "BIEN AU CHAUD"...
...MAIS VOUS NE LES ENVIEZ PAS, MONSIEUR SIMPSON ... !
VOUS NON PLUS ! VOUS ÊTES UNE FEMME INDÉPENDANTE ET J'AIMERAIS VOUS OFFRIR UN GIN !
OU UNE TEQUILA AVEC UNE PINCÉE DE SEL !?
NON MERCI, MONSIEUR SIMPSON !... CHACUN DE SON CÔTÉ, NE L'OUBLIEZ SURTOUT PAS !... MAIS VOUS POURRIEZ VOUS RENDRE UTILE ...
ET ELLE M'A REFILÉ L'ADRESSE D'UN ÉBÉNISTE JAPONAIS QUI ORGANISERAIT DES PARTIES DE POKER CLANDESTINES !...
ELLE VOUS A BIEN CIBLÉ, BOSS !...

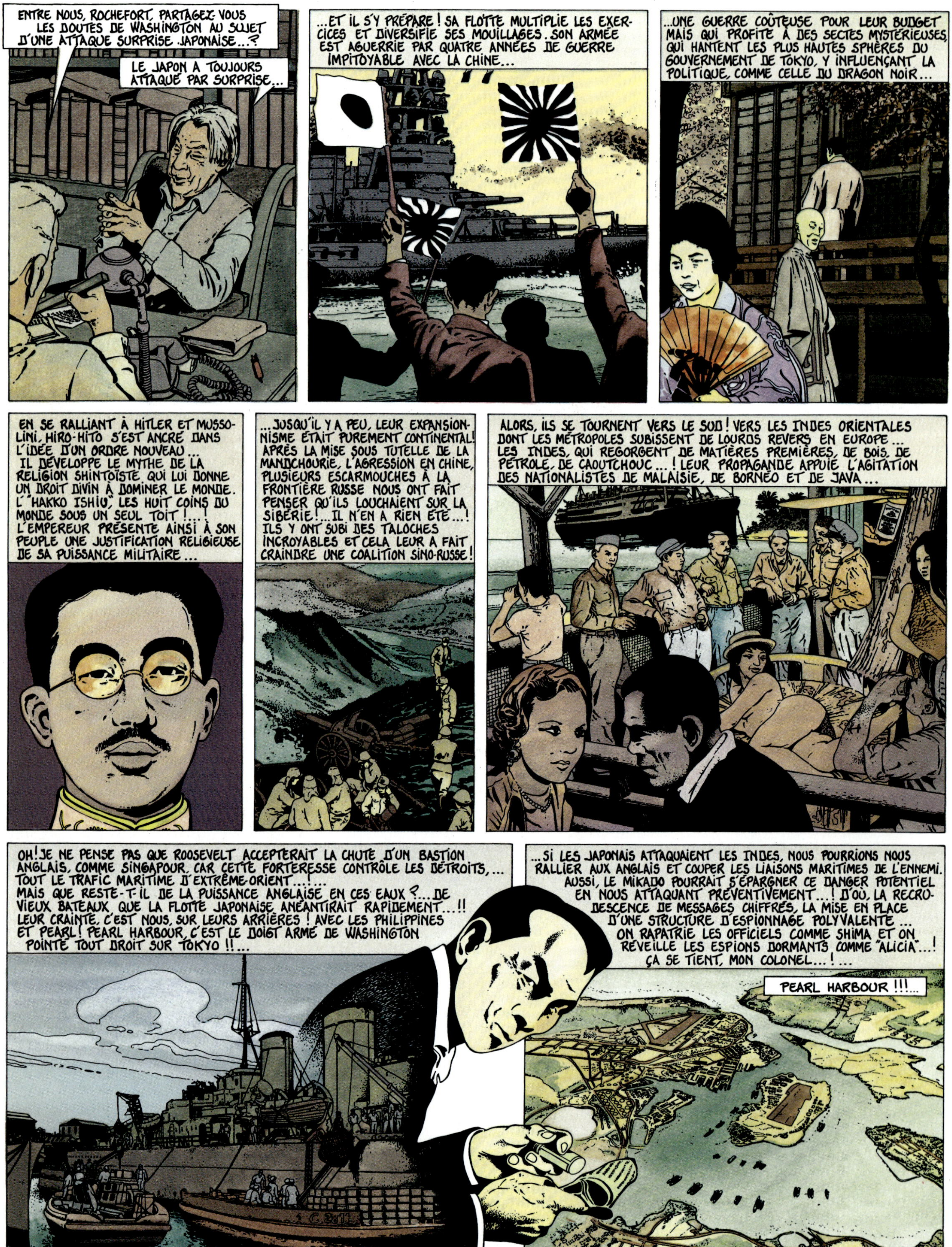

ENTRE NOUS, ROCHEFORT, PARTAGEZ-VOUS LES DOUTES DE WASHINGTON AU SUJET D'UNE ATTAQUE SURPRISE JAPONAISE...?
LE JAPON A TOUJOURS ATTAQUÉ PAR SURPRISE...
...ET IL S'Y PRÉPARE ! SA FLOTTE MULTIPLIE LES EXERCICES ET DIVERSIFIE SES MOUILLAGES. SON ARMÉE EST AGUERRIE PAR QUATRE ANNÉES DE GUERRE IMPITOYABLE AVEC LA CHINE...
...UNE GUERRE COÛTEUSE POUR LEUR BUDGET MAIS QUI PROFITE À DES SECTES MYSTÉRIEUSES, QUI HANTENT LES PLUS HAUTES SPHÈRES DU GOUVERNEMENT DE TOKYO, Y INFLUENÇANT LA POLITIQUE, COMME CELLE DU DRAGON NOIR...
EN SE RALLIANT À HITLER ET MUSSOLINI, HIRO-HITO S'EST ANCRÉ DANS L'IDÉE D'UN ORDRE NOUVEAU... IL DÉVELOPPE LE MYTHE DE LA RELIGION SHINTOÏSTE QUI LUI DONNE UN DROIT DIVIN À DOMINER LE MONDE. L'"HAKKO ISHIU", LES HUIT COINS DU MONDE SOUS UN SEUL TOIT !... L'EMPEREUR PRÉSENTE AINSI À SON PEUPLE UNE JUSTIFICATION RELIGIEUSE DE SA PUISSANCE MILITAIRE...
...JUSQU'IL Y A PEU, LEUR EXPANSIONNISME ÉTAIT PUREMENT CONTINENTAL ! APRÈS LA MISE SOUS TUTELLE DE LA MANDCHOURIE, L'AGRESSION EN CHINE, PLUSIEURS ESCARMOUCHES À LA FRONTIÈRE RUSSE NOUS ONT FAIT PENSER QU'ILS LOUCHAIENT SUR LA SIBÉRIE !... IL N'EN A RIEN ÉTÉ...! ILS Y ONT SUBI DES TALOCHES INCROYABLES ET CELA LEUR A FAIT CRAINDRE UNE COALITION SINO-RUSSE !
ALORS, ILS SE TOURNENT VERS LE SUD ! VERS LES INDES ORIENTALES DONT LES MÉTROPOLES SUBISSENT DE LOURDS REVERS EN EUROPE... LES INDES, QUI REGORGENT DE MATIÈRES PREMIÈRES, DE BOIS, DE PÉTROLE, DE CAOUTCHOUC...! LEUR PROPAGANDE APPUIE L'AGITATION DES NATIONALISTES DE MALAISIE, DE BORNÉO ET DE JAVA...
OH ! JE NE PENSE PAS QUE ROOSEVELT ACCEPTERAIT LA CHUTE D'UN BASTION ANGLAIS, COMME SINGAPOUR, CAR CETTE FORTERESSE CONTRÔLE LES DÉTROITS,... TOUT LE TRAFIC MARITIME D'EXTRÊME-ORIENT...!... MAIS QUE RESTE-T-IL DE LA PUISSANCE ANGLAISE EN CES EAUX ?... DE VIEUX BATEAUX QUE LA FLOTTE JAPONAISE ANÉANTIRAIT RAPIDEMENT...!! LEUR CRAINTE, C'EST NOUS, SUR LEURS ARRIÈRES ! AVEC LES PHILIPPINES ET PEARL ! PEARL HARBOUR, C'EST LE DOIGT ARMÉ DE WASHINGTON POINTÉ TOUT DROIT SUR TOKYO !!...
...SI LES JAPONAIS ATTAQUAIENT LES INDES, NOUS POURRIONS NOUS RALLIER AUX ANGLAIS ET COUPER LES LIAISONS MARITIMES DE L'ENNEMI. AUSSI, LE MIKADO POURRAIT S'ÉPARGNER CE DANGER POTENTIEL EN NOUS ATTAQUANT PRÉVENTIVEMENT...! D'OÙ, LA RECRUDESCENCE DE MESSAGES CHIFFRÉS, LA MISE EN PLACE D'UNE STRUCTURE D'ESPIONNAGE POLYVALENTE... ON RAPATRIE LES OFFICIELS COMME SHIMA ET ON RÉVEILLE LES ESPIONS DORMANTS COMME "ALICIA"...! ÇA SE TIENT, MON COLONEL...!...
PEARL HARBOUR !!!...

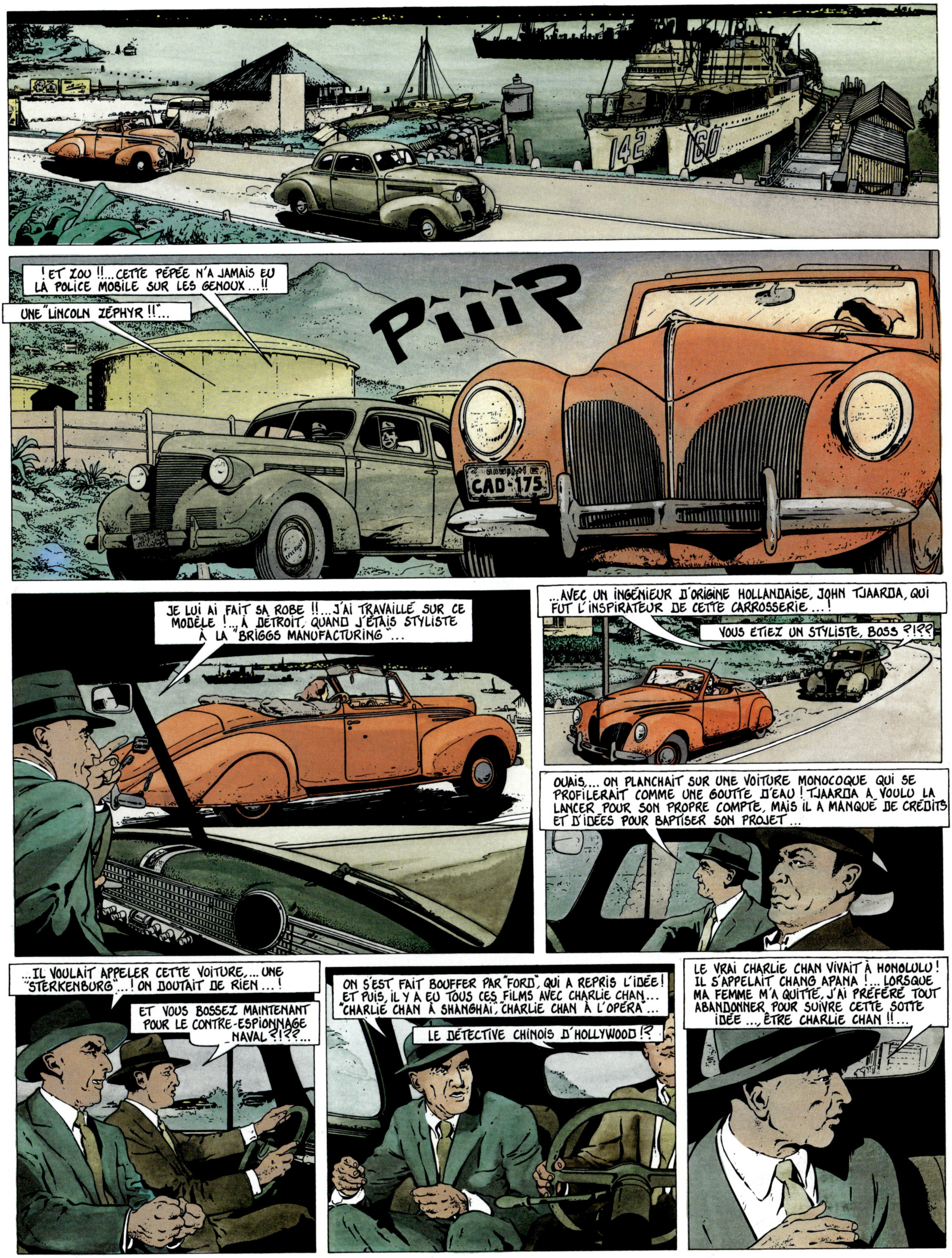
! ET ZOU !!... CETTE PÉPÉE N'A JAMAIS EU LA POLICE MOBILE SUR LES GENOUX ...!!
UNE "LINCOLN ZÉPHYR !!"...
PÎÎÎP
CAD 175
JE LUI AI FAIT SA ROBE !!... J'AI TRAVAILLÉ SUR CE MODÈLE !... À DÉTROIT, QUAND J'ÉTAIS STYLISTE À LA "BRIGGS MANUFACTURING"...
...AVEC UN INGÉNIEUR D'ORIGINE HOLLANDAISE, JOHN TJAARDA, QUI FUT L'INSPIRATEUR DE CETTE CARROSSERIE ...!
VOUS ÉTIEZ UN STYLISTE, BOSS ?!??
OUAIS,... ON PLANCHAIT SUR UNE VOITURE MONOCOQUE QUI SE PROFILERAIT COMME UNE GOUTTE D'EAU ! TJAARDA A VOULU LA LANCER POUR SON PROPRE COMPTE, MAIS IL A MANQUÉ DE CRÉDITS ET D'IDÉES POUR BAPTISER SON PROJET ...
...IL VOULAIT APPELER CETTE VOITURE,... UNE "STERKENBURG"...! ON DOUTAIT DE RIEN ...!
ET VOUS BOSSEZ MAINTENANT POUR LE CONTRE-ESPIONNAGE NAVAL ?!??...
ON S'EST FAIT BOUFFER PAR "FORD", QUI A REPRIS L'IDÉE ! ET PUIS, IL Y A EU TOUS CES FILMS AVEC CHARLIE CHAN... "CHARLIE CHAN À SHANGHAÏ", "CHARLIE CHAN À L'OPÉRA"...
LE DÉTECTIVE CHINOIS D'HOLLYWOOD !?
LE VRAI CHARLIE CHAN VIVAIT À HONOLULU ! IL S'APPELAIT CHANG APANA !... LORSQUE MA FEMME M'A QUITTÉ, J'AI PRÉFÉRÉ TOUT ABANDONNER POUR SUIVRE CETTE SOTTE IDÉE ..., ÊTRE CHARLIE CHAN !!...

PEARL 7

BAH ! ON A TOUS BESOIN DE RÊVER !...
... D'UNE SOUPE DE POISSONS, BOSS... !
BON ! JE VAIS VOIR CE MYSTÉRIEUX ÉBÉNISTE ! CE "JAP" DONT ELLE M'A PARLÉ !...
HÉ ! BOSS !... ! AVANT DE RATISSER LARGE, VOUS N'OUBLIEZ RIEN ?!!
MON DIEU ! J'OUBLIAIS NOTRE RITUEL...
FACE, TU PAIES...!!
ÉVIDEMMENT...

PSITT !!... RICAIN !! VEUX-TU ALCOOL BON MARCHÉ ?!
?!? JE CHERCHE UN JAPONAIS QUI TRAVAILLE LES MEUBLES. UN CERTAIN "DJONGHI" !...
TU TOMBES BIEN, RICAIN ! JE SUIS "CHOJOBS", LE PASSE-PARTOUT DE DJONGHI ...! VIENS !!...
?!

PSITT...
HO! C'EST DJONGHI OU GERONIMO, QUE TU CHERCHES ? ... VIENS !
MAINTENANT, SI TU VEUX JOUER, TOI PAYER COMMISSION À CHOJOBS !... DEUX DOLLARS !!
?! AVEC UNE NOTE DE FRAIS ?!!
HUMOUR AMÉRICAIN ...!
QUE C'EST ??
POUR DJONGHI, MONSIEUR !...
UN MEC ?!??
DJONGHI N'EST PAS LÀ !
JE VOUDRAIS LUI PARLER...
C'EST SON FAUTEUIL ET IL T'ÉCOUTE !...
POKER ?.
DE DAMES ! FAIS PAS RASOIR ET VA TE FAIRE BOULER !... DJONGHI NE JOUE QU'AVEC DES DAMES !...
...AUX POCHES VIDES, AHAHAH...
SHIT!
WHAHAHAHAAHAH...
JE CONNAIS L'ENDROIT OÙ TU POURRAS L'APERCEVOIR...

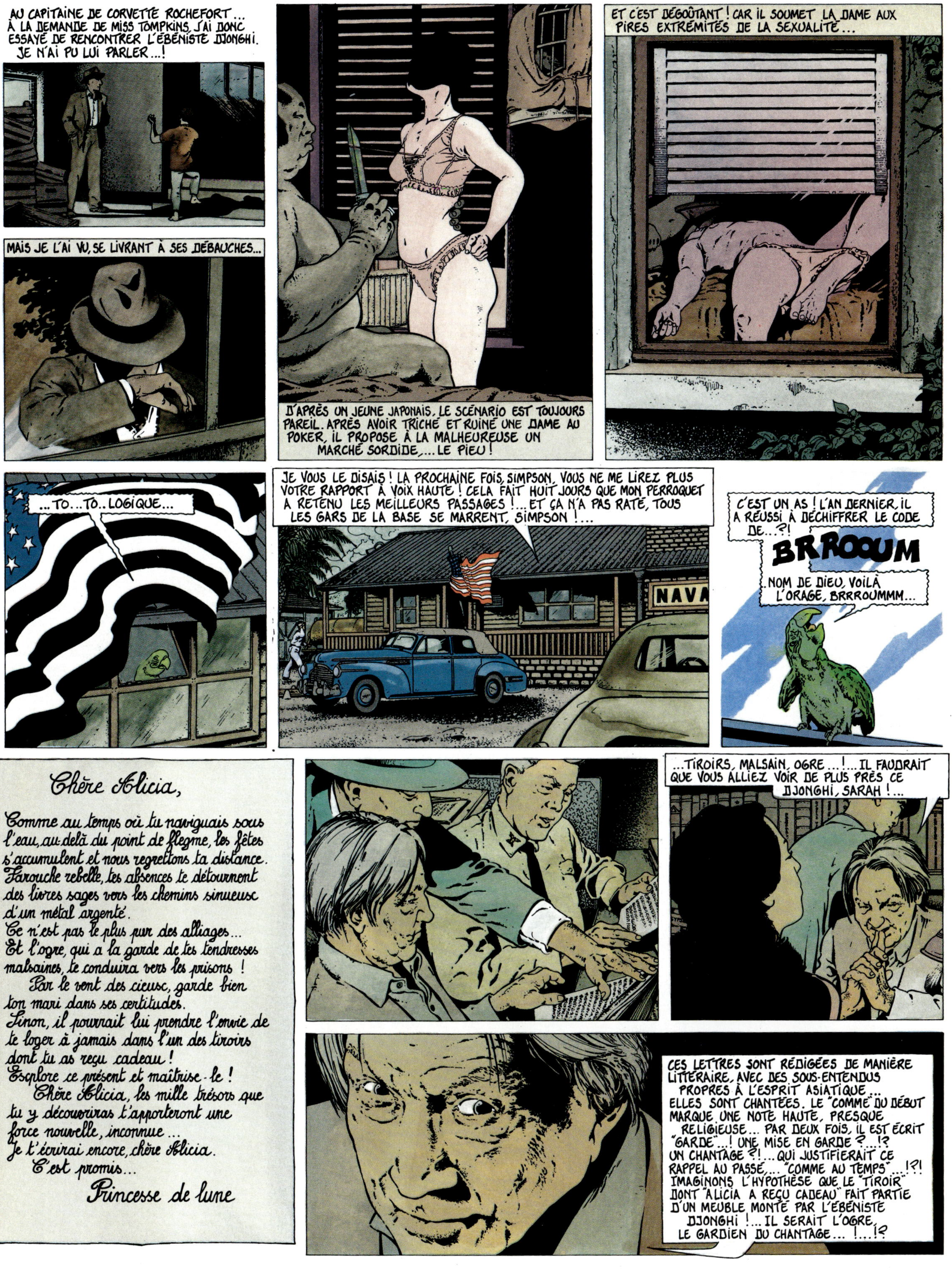
AU CAPITAINE DE CORVETTE ROCHEFORT... À LA DEMANDE DE MISS TOMPKINS, J'AI DONC ESSAYÉ DE RENCONTRER L'ÉBÉNISTE DJONGHI. JE N'AI PU LUI PARLER...!
MAIS JE L'AI VU, SE LIVRANT À SES DÉBAUCHES...
D'APRÈS UN JEUNE JAPONAIS, LE SCÉNARIO EST TOUJOURS PAREIL. APRÈS AVOIR TRICHÉ ET RUINÉ UNE DAME AU POKER, IL PROPOSE À LA MALHEUREUSE UN MARCHÉ SORDIDE,... LE PIEU!
ET C'EST DÉGOÛTANT! CAR IL SOUMET LA DAME AUX PIRES EXTRÉMITÉS DE LA SEXUALITÉ...
...TO...TO..LOGIQUE...
JE VOUS LE DISAIS! LA PROCHAINE FOIS, SIMPSON, VOUS NE ME LIREZ PLUS VOTRE RAPPORT À VOIX HAUTE! CELA FAIT HUIT JOURS QUE MON PERROQUET A RETENU LES MEILLEURS PASSAGES!... ET ÇA N'A PAS RATÉ, TOUS LES GARS DE LA BASE SE MARRENT, SIMPSON!...
NAVA
C'EST UN AS! L'AN DERNIER, IL A RÉUSSI À DÉCHIFFRER LE CODE DE...?!
BRROOUM
..NOM DE DIEU, VOILÀ L'ORAGE, BRRROUMMM...
Chère Alicia,
Comme au temps où tu naviguais sous l'eau, au-delà du point de flegme, les fêtes s'accumulent et nous regrettons ta distance.
Farouche rebelle, tes absences te détournent des livres sages vers les chemins sinueux d'un métal argenté.
Ce n'est pas le plus pur des alliages...
Et l'ogre, qui a la garde de tes tendresses malsaines, te conduira vers les prisons !
Par le vent des cieux, garde bien ton mari dans ses certitudes.
Sinon, il pourrait lui prendre l'envie de te loger à jamais dans l'un des tiroirs dont tu as reçu cadeau !
Explore ce présent et maîtrise-le !
Chère Alicia, les mille trésors que tu y découvriras t'apporteront une force nouvelle, inconnue...
Je t'écrirai encore, chère Alicia.
C'est promis...
Princesse de lune
...TIROIRS, MALSAIN, OGRE...!... IL FAUDRAIT QUE VOUS ALLIEZ VOIR DE PLUS PRÈS CE DJONGHI, SARAH!...
CES LETTRES SONT RÉDIGÉES DE MANIÈRE LITTÉRAIRE, AVEC DES SOUS-ENTENDUS PROPRES À L'ESPRIT ASIATIQUE... ELLES SONT CHANTÉES. LE "COMME" DU DÉBUT MARQUE UNE NOTE HAUTE, PRESQUE RELIGIEUSE... PAR DEUX FOIS, IL EST ÉCRIT "GARDE"...! UNE MISE EN GARDE ?...!? UN CHANTAGE ?!... QUI JUSTIFIERAIT CE RAPPEL AU PASSÉ,... "COMME AU TEMPS"...!?! IMAGINONS L'HYPOTHÈSE QUE LE "TIROIR" DONT ALICIA A REÇU CADEAU FAIT PARTIE D'UN MEUBLE MONTÉ PAR L'ÉBÉNISTE DJONGHI!... IL SERAIT L'OGRE, LE GARDIEN DU CHANTAGE...!...!?

IL Y A QUAND MÊME QUELQUE CHOSE DE PAS CLAIR...?!
POUR MOI AUSSI, FIGUREZ-VOUS !...
...NOUS DEVRIONS OPÉRER SÉPARÉMENT ET VOUS INSISTEZ POUR QUE JE VOUS RECONDUISE...!!
OH! JE SUIS UN GRAND SENTIMENTAL...
ET HOP! ON SE DÉBARRASSE DU "PAQUET SIMPSON"!...
MAIS NON! ATTENDEZ !!... MES VALISES ONT ÉTÉ ÉGARÉES À SAN DIEGO ET JE N'AI PLUS RIEN À ME METTRE !...
VOUS M'AIDEREZ À CHOISIR SUIVANT LES GOÛTS DU PORC QUE VOUS AVEZ OBSERVÉ, ET VOUS ME PARLEREZ DE VOS SOUCIS...!...
?!
...C'EST LA SEULE BOUTIQUE QUI VEND AUTRE CHOSE QUE DU COTON RÉGLEMENTÉ !
BONJOUR, MADAME...
DITES !... AURIEZ-VOUS DES DESSOUS MOINS CLASSIQUES QUE CEUX DE LA VITRINE ?...!
CERTAINEMENT, MADAME ! DES DENTELLES D'EUROPE ET DE LA SOIE D'ORIENT ! GAINES ET COMBINAISONS OUVRAGÉES...
J'AI PROFITÉ ! J'AVAIS BESOIN D'UNE PRÉSENCE RASSURANTE...
!?

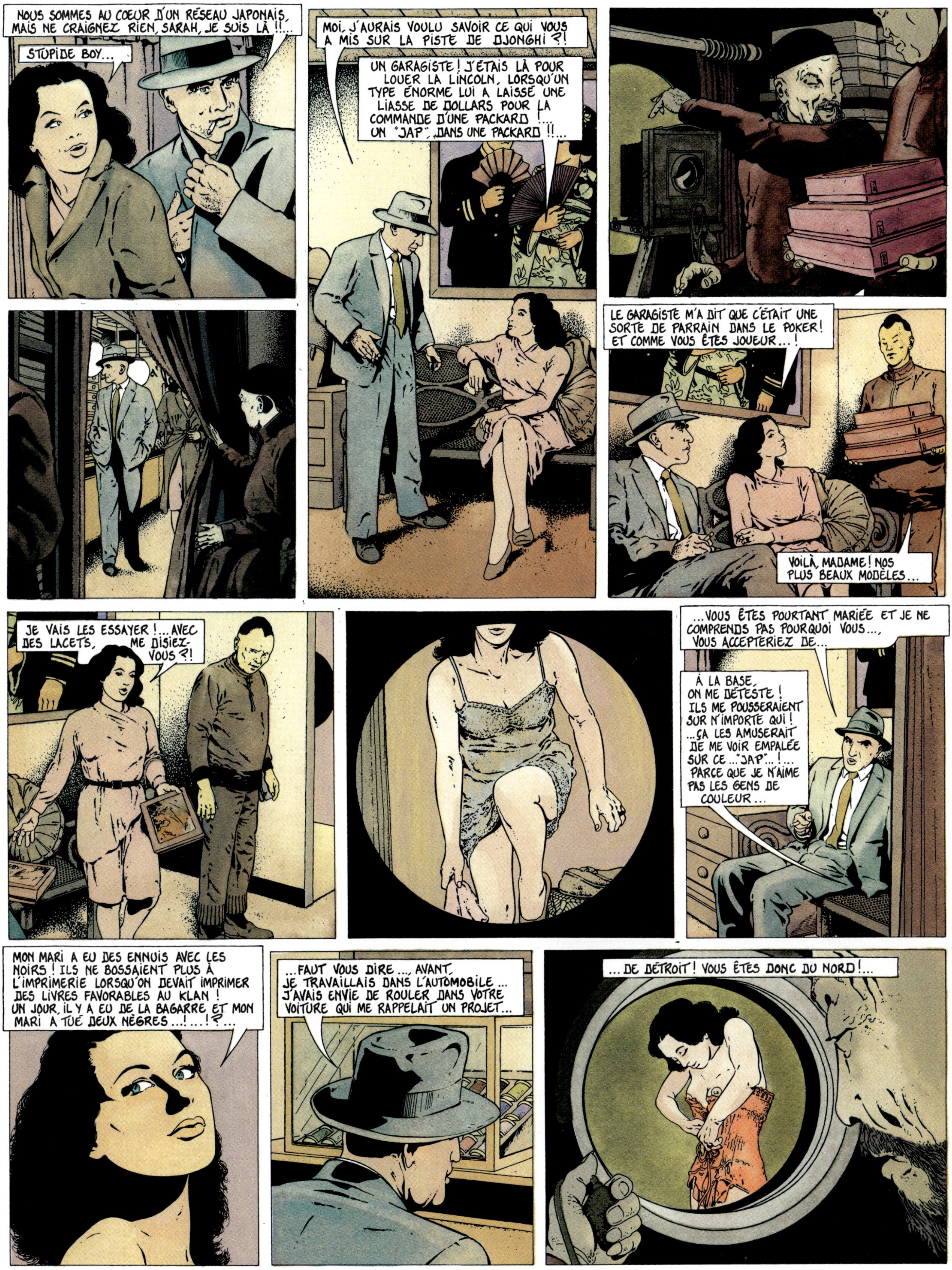
NOUS SOMMES AU COEUR D'UN RÉSEAU JAPONAIS, MAIS NE CRAIGNEZ RIEN, SARAH, JE SUIS LÀ !!...
STUPIDE BOY...
MOI, J'AURAIS VOULU SAVOIR CE QUI VOUS A MIS SUR LA PISTE DE DJONGHI ?!
UN GARAGISTE ! J'ÉTAIS LÀ POUR LOUER LA LINCOLN, LORSQU'UN TYPE ÉNORME LUI A LAISSÉ UNE LIASSE DE DOLLARS POUR LA COMMANDE D'UNE PACKARD !... UN "JAP", DANS UNE PACKARD !!...
LE GARAGISTE M'A DIT QUE C'ÉTAIT UNE SORTE DE PARRAIN DANS LE POKER ! ET COMME VOUS ÊTES JOUEUR... !
VOILÀ, MADAME ! NOS PLUS BEAUX MODÈLES...
JE VAIS LES ESSAYER !... AVEC DES LACETS, ME DISIEZ-VOUS ?!
...VOUS ÊTES POURTANT MARIÉE ET JE NE COMPRENDS PAS POURQUOI VOUS..., VOUS ACCEPTERIEZ DE...
À LA BASE, ON ME DÉTESTE ! ILS ME POUSSERAIENT SUR N'IMPORTE QUI ! ...ÇA LES AMUSERAIT DE ME VOIR EMPALÉE SUR CE ..."JAP"... !... PARCE QUE JE N'AIME PAS LES GENS DE COULEUR...
MON MARI A EU DES ENNUIS AVEC LES NOIRS ! ILS NE BOSSAIENT PLUS À L'IMPRIMERIE LORSQU'ON DEVAIT IMPRIMER DES LIVRES FAVORABLES AU KLAN ! UN JOUR, IL Y A EU DE LA BAGARRE ET MON MARI A TUÉ DEUX NÈGRES ...!...!?...
...FAUT VOUS DIRE..., AVANT, JE TRAVAILLAIS DANS L'AUTOMOBILE... J'AVAIS ENVIE DE ROULER DANS VOTRE VOITURE QUI ME RAPPELAIT UN PROJET...
...DE DÉTROIT ! VOUS ÊTES DONC DU NORD !...

...C'EST BIEN LÀ QUE VOUS LES CONSTRUISIEZ, VOS AUTOMOBILES ?...
...MONSIEUR SIMPSON ?!!?
IL EST PARTI ! VOULEZ-VOUS UN GÂTEAU SEC !...?
...DU NORD !!... JE LUI SOUHAITE TOUS LES PARFUMS DE LA TERRE À CETTE FAUSSE SAINTE NITOUCHE ...! ... UNE FEUILLE DE ROSE COMME UNE GUEULE DE FONTAINE...
OYES, EL SENOR ? NOTICIAS DE TRAFICO ?!... TU VEUX QUE JE TE CIRE LES CHAUSSURES, VIEILLE PENDULE...?!!
ADIÓS...
OK!... T'AS LE SENS DE L'HUMOUR D'UN DICTATEUR SUR L'ÎLE DE PÂQUES ...!!
BON SANG !! ... MAIS JE CONNAIS CE TYPE ... !!!
HAWAII FRUIT GROWERS EXCHANGE

...AU MARIAGE DE SHIMA, JE N'AVAIS PAS PRÊTÉ TROP D'ATTENTION À CE CLOWN...
...MAIS EN LE REVOYANT DANS LA RUE, LA MÉMOIRE M'EST REVENUE ET JE SUIS SÛR DE L'AVOIR DÉJÀ CROISÉ..., ...AU MEXIQUE...!
TIENS...!..."LES FRÈRES MEXICAINS DE MONTERREY", DONT ON PARLAIT DANS L'UNE DES LETTRES...!!
37
37b
37c
...LORS D'UN VOYAGE SUR LES PENTES DU GUERRERO, PRÈS DE TAXCO!...
...UNE CHALEUR LOURDE. SUR UNE PLACE, PRÈS D'UNE FONTAINE, ...
PELUQUERIA LA ROSITA
...IL Y AVAIT UN CHAPITEAU! UN VIEUX CANASSON DÉSARGENTAIT LES CHIQUEURS DU COIN AVEC SES SPECTACLES SOI-DISANT "GARANTI ARTISTIQUE"... LUI-MÊME L'ÉTAIT À PEINE...
ET SON ACOLYTE! UNE TAPETTE ZÉBRÉE PROMENANT UN FÉLIN...! L'HOMME DONT JE VOUS PARLE...
ON A LE TEMPS. JE VOUS RACONTE LA SUITE. MOYENNANT UN DOLLAR, ON SE FAUFILAIT SOUS UNE TENTE POUSSIÉREUSE... ET ON VOYAIT...
...UNE BOBONNE, À POIL, DANS UN GRAND AQUARIUM, NAGEANT ENTRE DEUX EAUX SANS CHERCHER LE SEIGNEUR, ATTACHÉE À UNE TORTUE GÉANTE...

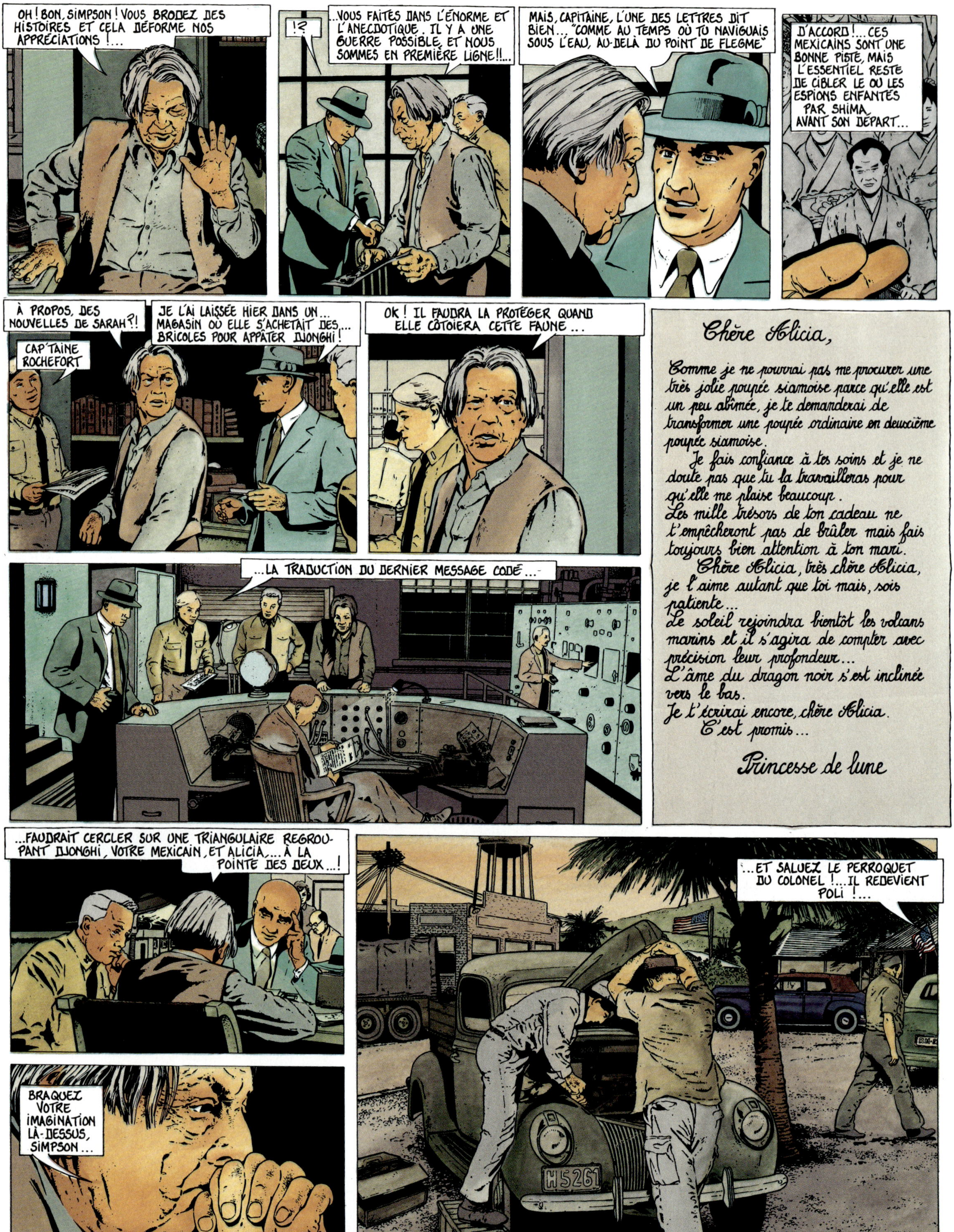
OH ! BON, SIMPSON ! VOUS BRODEZ DES HISTOIRES ET CELA DÉFORME NOS APPRÉCIATIONS !...
!?
...VOUS FAITES DANS L'ÉNORME ET L'ANECDOTIQUE. IL Y A UNE GUERRE POSSIBLE, ET NOUS SOMMES EN PREMIÈRE LIGNE !!...
MAIS, CAPITAINE, L'UNE DES LETTRES DIT BIEN... "COMME AU TEMPS OÙ TU NAVIGUAIS SOUS L'EAU, AU-DELÀ DU POINT DE FLEGME"
D'ACCORD !... CES MEXICAINS SONT UNE BONNE PISTE, MAIS L'ESSENTIEL RESTE DE CIBLER LE OU LES ESPIONS ENFANTÉS PAR SHIMA AVANT SON DÉPART...
À PROPOS, DES NOUVELLES DE SARAH ?!
CAP'TAINE ROCHEFORT
JE L'AI LAISSÉE HIER DANS UN... MAGASIN OÙ ELLE S'ACHETAIT DES... BRICOLES POUR APPÂTER DJONGHI !
OK ! IL FAUDRA LA PROTÉGER QUAND ELLE CÔTOIERA CETTE FAUNE...
Chère Alicia,
Comme je ne pourrai pas me procurer une très jolie poupée siamoise parce qu'elle est un peu abîmée, je te demanderai de transformer une poupée ordinaire en deuxième poupée siamoise.
Je fais confiance à tes soins et je ne doute pas que tu la travailleras pour qu'elle me plaise beaucoup.
Les mille trésors de ton cadeau ne t'empêcheront pas de brûler mais fais toujours bien attention à ton mari.
Chère Alicia, très chère Alicia, je t'aime autant que toi mais, sois patiente...
Le soleil rejoindra bientôt les volcans marins et il s'agira de compter avec précision leur profondeur...
L'âme du dragon noir s'est inclinée vers le bas.
Je t'écrirai encore, chère Alicia.
C'est promis...
Princesse de lune
...LA TRADUCTION DU DERNIER MESSAGE CODÉ...
...FAUDRAIT CERCLER SUR UNE TRIANGULAIRE REGROUPANT DJONGHI, VOTRE MEXICAIN, ET ALICIA,... À LA POINTE DES DEUX...!
BRAQUEZ VOTRE IMAGINATION LÀ-DESSUS, SIMPSON...
...ET SALUEZ LE PERROQUET DU COLONEL !... IL REDEVIENT POLI !...
H5261

HELLO !...
JE SUIS DÉSOLÉE POUR LE BALLON !...
EUH !... JE JOUE AVEC VOTRE GARÇON... ...IL EST TRÈS COQUIN...
VOILÀ !... EN JOUANT AVEC CHOJOBS, SARAH A EU UN PREMIER CONTACT AVEC DJONGHI !... CELA N'A PAS L'AIR DE PLAIRE À SA COMPAGNE... !... !?... OH ! MAIS C'EST... !!!...

PEARL 17

...CELA POURRAIT ÊTRE L'INTRUSE QUI NAGEAIT L'AUTRE NUIT PRÈS DES CROISEURS ...!?...
...AVEC LE GARS À LA PERCHE ...!? NOM DE DIEU !!... LEUR DERNIER MESSAGE ...!!! ...
..."LE SOLEIL REJOINDRA BIENTÔT LES VOLCANS MARINS ET IL S'AGIRA DE COMPTER AVEC PRÉCISION LEUR PROFONDEUR"...
?!?
...LE SOLEIL, ...LE JAPON ! ...ET LES VOLCANS MARINS, C'EST ICI, À HAWAÏ ..., TOUTE NOTRE CHAÎNE VOLCANIQUE !!...
!...ILS SONDENT LA PROFONDEUR DE NOS BASSINS À PEARL HARBOUR POUR POUVOIR Y LANCER LEURS TORPILLES SUR NOS BÂTIMENTS DE GUERRE...!
...Y A QUE DOUZE MÈTRES !!... ELLES IRAIENT SE PLANTER SUR LE FOND !...
PAS SÛR ! LES ANGLAIS ONT RÉUSSI LEUR RAID SUR TARENTE, QUI N'EST PAS PLUS PROFOND !... IL SUFFIRAIT D'ÉQUIPER LES TORPILLES DE PETITES AILETTES ET DE LES LÂCHER À FAIBLE ALTITUDE ...
BOSS, ON GAGNERA PAS LA BATAILLE À NOUS SEUL ! JE VOUS PAIE LE GIN-FIZZ ...?!
ET SARAH ?!
ÇA BAIGNE...
ON BOIRA À LA SANTÉ DU COLONEL QUI NOUS A PRÊTÉ SA BUICK !... J'EN REVIENS PAS !
TU VOIS L'UNIFORME DE NOTRE CHEVY PAR ICI ?
...JE VOIS DEUX CHAPEAUX QUI DÉNOTENT, BOSS ! DES MISSIONNAIRES QUI PARLENT DE LA GUERRE AU COEUR DU PARADIS...

...LE PARADIS DES "BONS" JOUEURS !...VISE LA PACKARD DE DJONGHI...
Old Gringo
...ET LES CHAPEAUX !! T'AS TOUT FAUX, BILL !!...
ON ATTEND, MADEMOISELLE...
OUI, SIR ! J'ARRIVE...
SAPRISTI !!...!?
ARCHIBALD !?? CALMEZ-VOUS, CES GENS SONT DÉBORDÉS !!...
?
LÀ-HAUT !! IL Y A UN AVION EN FEU !!!...
OH !?
OH !
OH ?
OH ?
?!
!
?
PEARL 19

HIP, HIP HOURRA...
YEAH!
GOOD JOB, FELLOW!...
OH!! BOSS!!? DJONGHI FOUT LE CAMP ET SARAH LUI FILE LE TRAIN!!!
QUOI!!??

PWAAP
Chère Alicia,
Comme le cri est l'opposé du murmure, je fais confiance à tes rebellions qui sont les fruits d'un caractère et de multiples devoirs.
Lorsque le poète peint par-dessus une toile excistante, il en résulte un effet de pentimento, quand l'œuvre initiale réagit discrètement sous le vernis de la seconde composition... Cela devrait calmer tes angoisses et motiver tes recherches.
Cueille-les en nombre et nous les traiterons au premier confluent où nous te remettrons un millier d'autres trésors que tu attends pour gonfler ton corps dans ses nouvelles certitudes.
Préserve tes atouts et tes atours.
Je t'écrirai encore, chère Alicia.
C'est promis...
Princesse de lune
JK-217
!
C'EST UN AS ! L'AN DERNIER, IL A RÉUSSI À DÉCHIFFRER LE CODE DE LA MARINE JAPONAISE, CE QUI NOUS AIDE CON-SI-DÉ-RABLEMENT...
UN CHOCOLAT CHAUD, CAPITAINE !?
CHRISTINE !?! TOUJOURS SUR LE PONT ?!?...
UN BÊTE EXCÈS DE VITESSE AU RETOUR DE LA PLAGE, ET UN MOTARD SANS HUMOUR... ! LE JUGE M'A COLLÉ HUIT NUITS DE SERVICE...
IL M'A MENACÉE D'UNE PRISE DE SANG SI JE RÉCIDIVAIS !!... J'AVAIS PAS UN GRAMME D'ALCOOL !...!?
PEARL 21

PAS UN PEU ?...
JE VIS, CAP'TAINE...
...UN LIEU D'OBSERVATION ! DE MA FENÊTRE, JE VOIS LES GENS !... JE LES SENS VIVRE ET CHANGER D'IDÉES, DE MODES... COMME LES LIVRES ET LE CIEL..., D'UN BLEU PÂLE À UN BLEU FONCÉ ...!..., ET LEURS OMBRES ME CHAGRINENT LORSQU'ELLES VEULENT M'ATTIRER DANS CETTE DANSE...
LES OMBRES ?...
INVEST
...DU TEMPS, QUI ME RIDE DE SES COLÈRES, QUI ME GRONDE PARCE QUE JE NE PROFITE PAS DU VENT, DU SOLEIL ET DES FEMMES !...MES LIVRES, QUI DEVRAIENT SE TAIRE, M'Y POUSSENT, ET C'EST SURPRENANT, ME DISANT QUE L'ON TRAHIT DAVANTAGE SON PAYS EN PENSÉE ...
...ET VOUS DEVRIEZ EN FAIRE AUTANT ! VOUS NE QUITTEZ PLUS JAMAIS CE BUREAU...
...UN ANCRAGE MOMENTANÉ...
JE PLAISANTE MAIS CE SONT BIEN SÛR DES VÉRITÉS !... J'AI DES RAISONS POUR M'ATTACHER DANS CETTE CELLULE...
UN CHAGRIN ?!...
...UN CHAGRIN DE GUERRE, QUE JE SENS VENIR COMME UNE MALADIE QUI RÔDE ET QUI VOUS IMPOSE UNE VIGILANCE, UNE FORCE, ...UNE RIGUEUR DE VIE...!!
VOUS AVEZ DES ENFANTS ?...!
ILS AURAIENT EU TROP PEUR DE LEUR PÈRE, ET JE ME SUIS CONTENTÉ DE LES IMAGINER !...C'EST LE DESTIN, CHRISTINE..., J'AI UNE GUEULE DE CUL-DE-SAC !!...
BEAUCOUP D'OFFICIERS IRONT AU CONCERT DE GLENN MILLER, DIMANCHE... J'AIMERAIS QUE VOUS M'Y EMMENIEZ ...?!...

...POUR DANSER TOUT LE RÉPERTOIRE AVEC DES JAMBES DE "PETITE JEUNESSE"...!?
DRRIING
ALLO ?!...!AAH... TENDEZ !!...
CE N'EST PLUS DU JEU, ROCHEFORT !... SHIMA A REGAGNÉ CLANDESTINEMENT HAWAÏ...
...APRÈS SON PSEUDO-MARIAGE, IL A ÉCOURTÉ SA CROISIÈRE EN PRÉTEXTANT UNE CRISE D'APPENDICITE. UN HYDRAVION EST VENU LE CUEILLIR EN MER...
...POUR LE RAMENER À L'EXTRÊME OUEST D'HAWAÏ, PRÈS DU BANC DES FRÉGATES FRANÇAISES...
...OÙ L'ATTENDAIT UN SOUS-MARIN !...
ALLO ?!??...
C'EST AINSI QU'IL EST REVENU PARMI NOUS, DISCRÈTEMENT...!
KLIK
...MISS TOMPKINS, PUIS-JE ME PERMETTRE DE VOUS BANDER LES YEUX ...!...!?
UN JEU ?!!

...OH ! OUI, UN JEU !
NOS INVITÉS IRONT SE CACHER ET ILS NE POURRONT PAS SE DÉPLACER...
...LORSQU'ILS SERONT DÉCOUVERTS, ILS VOUS AIDERONT ET CE SERA CELUI QUI RESTERA CACHÉ LE PLUS LONGTEMPS QUI AURA GAGNÉ...
C'EST UNE BLAGUE ?...
JE NE ME CACHERAI PAS TRÈS LOIN...!
JE NE CONNAIS PAS TOUS LES RECOINS DE VOTRE PROPRIÉTÉ ?!!?
...SOIT !...
TU LA CONNAIS ?!
JAMAIS VU ! C'EST DJONGHI QUI L'A AMENÉE...
...JE ME DEMANDE BIEN POURQUOI...!!
...LES YANKEES DEVIENNENT SUSPICIEUX, ET À TROP JOUER LES PORTES OUVERTES, ON LEUR DONNE DES INDICES POUR NOUS OBSERVER...
QUEL JEU STUPIDE ! ÇA VA PERMETTRE À CETTE GARCE DE FURETER PARTOUT !! ARRANGE-TOI POUR INTERROMPRE CELA AU PLUS TÔT !!!...
ENTENDU...
...VOUS ME SERREZ...
...VOILÀ ! FAITES ATTENTION AU BASSIN ! COMPTEZ JUSQU'À CENT AVANT D'ÔTER LE BANDEAU...
... ...61... 62... 63...?!
...QUELQU'UN ?!??
NOON !!?!!!...

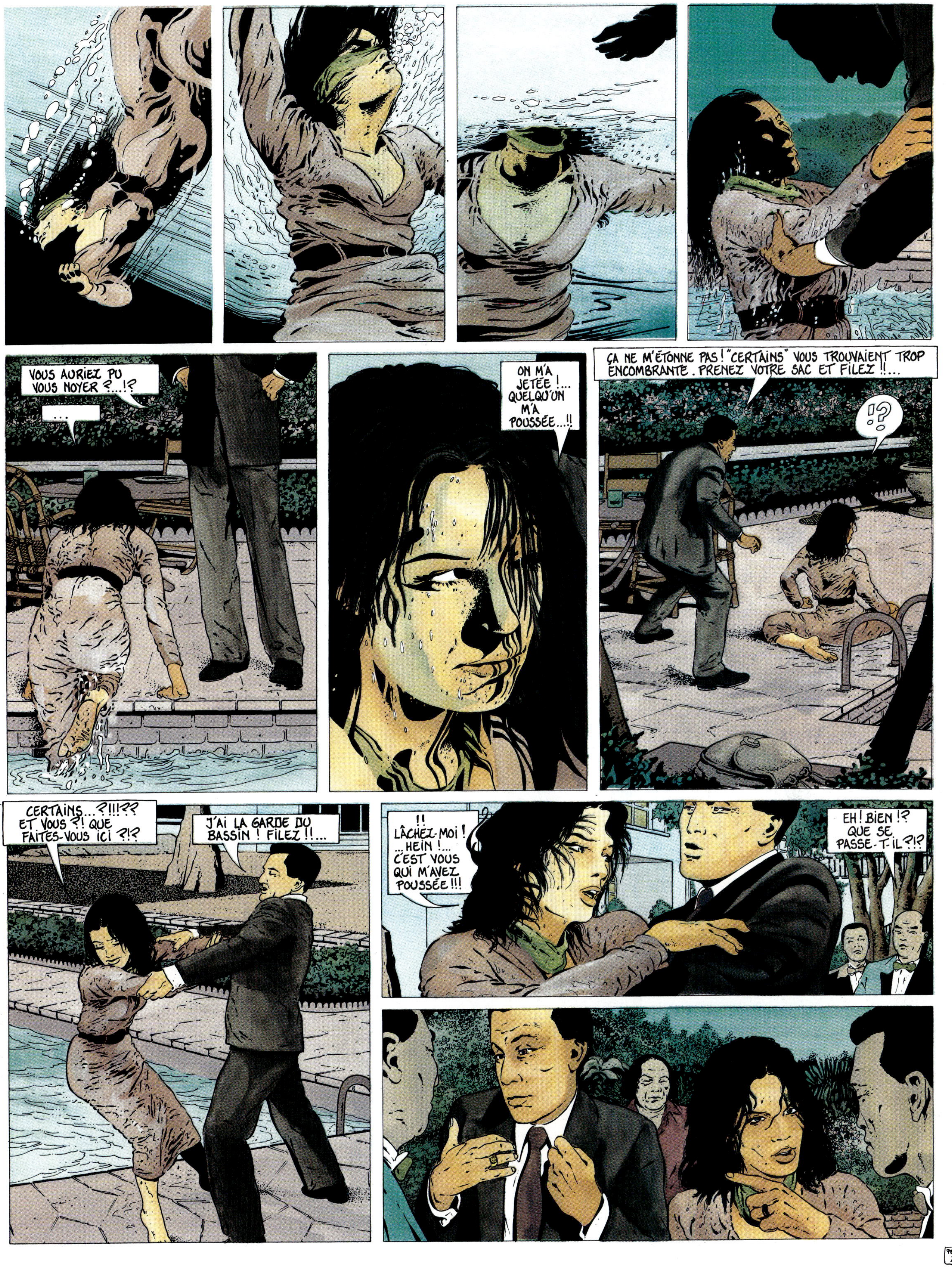
VOUS AURIEZ PU VOUS NOYER ?...!?
...
ON M'A JETÉE !... QUELQU'UN M'A POUSSÉE...!!
ÇA NE M'ÉTONNE PAS ! "CERTAINS" VOUS TROUVAIENT TROP ENCOMBRANTE. PRENEZ VOTRE SAC ET FILEZ !!...
!?
CERTAINS...?!!!?? ET VOUS ?! QUE FAITES-VOUS ICI ?!?
J'AI LA GARDE DU BASSIN ! FILEZ !!...
!! LÂCHEZ-MOI ! ...HEIN !... C'EST VOUS QUI M'AVEZ POUSSÉE !!!
EH ! BIEN !? QUE SE PASSE-T-IL ?!?
PEARL 25

C'EST BON ! J'AI APERÇU LA LINCOLN DE SARAH CHEZ LE CONSUL !...
...AVEC LA PACKARD DE DJONGHI !
...N'EST PAS MANCHOTE, LA BELLE ...
J'AURAIS DÛ LUI CONFIER MA VOITURE ...!
...JE NE VAIS PAS FAIRE LE PIED DE GRUE À VOTRE PLACE ! DÉBROUILLEZ-VOUS POUR RAMENER UN AUTRE VÉHICULE, BILL !...
...ON LA DÉTESTE PAS ...! ELLE AGACE !!... SES AIRS DE VAMP CADRENT MAL AVEC NOS SERVICES ...
...ET SON MARI, VOUS EN AVEZ ENTENDU PARLER ?...
...JUSTE SUR LES NOTES DE SERVICE ! DE TOUTE FAÇON, CELA DOIT ÊTRE UN MÉNAGE BIEN SINGULIER ...!?
OUI ! JE LES IMAGINAIS PLUTÔT RÉACS, LES MEMBRES DU KU-KLUX-KLAN ...
QU'EST-CE QUE VOUS ME RACONTEZ LÀ ?!!?
SON MARI IMPRIME DES TRACTS POUR LE KLAN ! ...ILS DOIVENT SOUPER DU MÊME BEURRE ...
...IL IMPRIME RIEN LE MARI DE SARAH !!... IL SE FAIT UN MAGOT EN VENDANT DES BAGNOLES SUR LA CÔTE OUEST ...!
C'EST QU'IL A DÛ CHANGER DE JOB APRÈS AVOIR FLINGUÉ DEUX NOIRS ...!
! CHOJOBS !!?!

AH ! BRAVO, SIMPSON ! POUR LA DISCRÉTION, IL NOUS RESTE À OUVRIR UNE AUBETTE ! ...
C'EST UN LUTIN ! ...
... FIGUREZ-VOUS QU'IL AVAIT REPÉRÉ MON CHAPEAU À "L'OLD GRINGO" ! JE L'AVAIS OUBLIÉ ! EH ! BIEN, VOUS NE ME CROIREZ PAS, COLONEL, MAIS CHOJOBS S'EST DÉBROUILLÉ POUR ME REJOINDRE ...
MMH... JE SAIS COMMENT...
TU AS DEUX DOLLARS, GERONIMO ?!
TIENS ! J'SUIS UN VRAI PÈRE ! ...
... GERONIMO, TON PNEU EST DÉGONFLÉ ...
?!!
BUICK
C'EST PAS DIEU CROYABLE !! ... ?
... !! LA PACKARD DE DJONGHI !!
... ET C'EST SARAH QUI SUIT !!!
... DE DIEU ! IL FALLAIT PAS ALLUMER VOS PHARES !! ...
ON SE FOUT DE NOUS, SIMPSON ! ... !
OH ! GRAND CHEF ! TU ME LA LAISSERAS CONDUIRE UN JOUR, TA BAGNOLE ?!
TOI ! TOI, JE T'EMBARQUE !!!
PWAAP

GM
OUI, UN CERTAIN FRANK TOMPKINS !... QUI FERAIT FORTUNE SUR TA CÔTE EN VENDANT DES TIRES !...!?
PHONE
...UN INSTANT !
DIS DONC, C'EST LA FÊTE CHEZ TOI !... "CHARLIE" SIMPSON ET SON ORCHESTRE !? ..., ...GLENN MILLER ?!!! ♫♫ ON NE SE REFUSE RIEN À HAWAÏ ...?
SÉRIEUSEMENT, TU LE CONNAIS?
FRANK TOMPKINS !?CE GARS-LÀ ROTE TOUTES LES 5 MINUTES MAIS IL TE VEND DES CAD'S ET DES PACKARD COMME UN DISTRIBUTEUR DE COCA-COLA SUR UNE PLAGE !!...
SA FEMME ?!... ÇA, MON GARS, ... J'LA CIBLE PAS DANS MON BOTTIN !?... TU DEVRAIS DEMANDER À LOUELLA PARSONS ...,...
FOR SALE
Coca-Cola
?
LOUELLA ?... UNE MÉMÈRE QUI POTINE SUR LES CÉLÉBRITÉS ! ...LE CINOCHE !! ÇA TAMBOURINE LA TÊTE DE QUELQUES-UNS ..., COMME CE GARS QUI AVAIT DES POUMONS DE "HUIT CYLINDRES" ET QUI A TOUT BALANCÉ POUR ENDOSSER LES NIPPES DE "CHARLIE CHAN" !... CETTE DAME À POTINS NOUS A CHIPÉ UN NICKEL SUR QUATRE ROUES ...!!... TU VOIS DE QUI JE VEUX PARLER, "CHARLIE" SIMPSON ?... ON TE REGRETTE, VIEUX... ...
PHONE

...CETTE CHARMANTE CANDIDATE A CHOISI UN PSEUDONYME ORIGINAL..., RESTE AU JURY À SANCTIONNER LA BEAUTÉ...
Princesse de lune
...AINSI QUE POUR NOTRE DERNIÈRE CONCURRENTE, MISS J... J... J... !?...
J... J... J...
VITE, MESDEMOISELLES, VOS ROBES DE SOIRÉE...
??!!!??
VIENS !! ON CAUSE LÀ !!
ALORS, TU TRAVAILLES POUR LE CAPITAINE ROCHEFORT ?!?
NE ME TOUCHEZ PAS ! J'AI VU CE NOM DE PRINCESSE DE LUNE SUR LE BUREAU DU CAPITAINE ...JE..., JE CROIS QU'IL ÉCRIT UN ROMAN POUR SE DISTRAIRE ...?!
M'EN FOUS ! JE NE SUIS PAS À VOS ORDRES !! J'AURAIS VOULU QUE LE CAPITAINE VIENNE, MAIS IL NE QUITTE JAMAIS SON BUREAU !... VOUS ÊTES DES VIEUX !!!
J'AI RIEN FAIT DE MAL ! JE VOULAIS VENIR AU CONCERT OÙ NE SONT ADMIS QUE LES OFFICIERS !?
RIDICULE ! J'AI VU PLUS D'UN TROUFION DANS LA SALLE ! OÙ AS-TU PÊCHÉ CE PSEUDONYME ?! RÉPONDS, OU JE TE GIFLE !!?!!!
JE VAIS MÊME TE DIRE SON TITRE..., LA DISCRÉTION !!
PEARL 29

LIMIT
Honolulu Star
Hi!GLENN
GLENN MILLER
S. NAVY
SCREEN TESTS TAKEN HERE
TO-DAY
Honolulu Star
Hi!GLENN

MOVIETON NEWS
...CE 15 AOÛT, POUR LES ACTUALITÉS MONDIALES, SUR LE FRONT RUSSE, LES COMBATS ÉVOLUENT DÉFAVORABLEMENT POUR MOSCOU ! LA VILLE DE SMOLENSK A DU ÊTRE ÉVACUÉE, OUVRANT AUX ALLEMANDS LE CHEMIN DE LA CAPITALE...
LES ÉTATS-UNIS ONT LA VOLONTÉ D'AIDER LE PEUPLE SOVIÉTIQUE SI ÉPROUVÉ PAR LA GUERRE, MAIS SE DÉCLARENT TOUJOURS OPPOSÉ À RECONNAÎTRE LE PASSAGE SOUS PAVILLON RUSSE DES NAVIRES BALTES ANCRÉS DANS LES PORTS US !
LE PRÉSIDENT ROOSEVELT ET LE PREMIER BRITANNIQUE, MONSIEUR CHURCHILL, SE SONT RENCONTRÉS QUELQUE PART SUR L'ATLANTIQUE POUR ÉLABORER UNE CHARTE QUI DEVRAIT DÉFINIR LE MONDE D'APRÈS-GUERRE...
CETTE CHARTE DE L'ATLANTIQUE RÉPONDRA AUX VOEUX DE TOUS LES PEUPLES À CHOISIR LEURS DROITS ET INSTAURERA LA COLLABORATION LA PLUS ENTIÈRE ENTRE LES NATIONS DANS LE DOMAINE ÉCONOMIQUE EN VUE DE PROCURER À TOUS DES CONDITIONS DE TRAVAIL AMÉLIORÉES, LA PROSPÉRITÉ ET LA SÉCURITÉ SOCIALE... L'ASSURANCE QUE TOUS LES HOMMES, DANS TOUS LES PAYS, POURRONT VIVRE LEUR VIE À L'ABRI DE LA CRAINTE ET DU BESOIN...
LE PRÉSIDENT S'EST ENGAGÉ À PROTÉGER DAVANTAGE LA LIBERTÉ DE NAVIGATION POUR FACILITER LE RAVITAILLEMENT DE L'ANGLETERRE. "ONCLE SAM EST UN BON OEUF", PLAISANTENT DES MILLIERS DE JEUNES ANGLAIS, LORSQU'ILS APPORTENT LEURS OEUFS AVEC DU BACON POUR LES FRIRE...
L'INDUSTRIEL HENRY J. KAISER PROPOSE UNE MÉTHODE RÉVOLUTIONNAIRE POUR ASSEMBLER RAPIDEMENT DES NAVIRES. SELON SES PLANS, LA CONSTRUCTION D'UN CARGO NE DURERAIT GUÈRE PLUS QUE QUATRE-VINGTS HEURES ! IL VOUDRAIT LES BAPTISER "LIBERTY SHIP"...
...FAITES SEMBLANT DE M'EMBRASSER...
!?
POURQUOI AVEZ-VOUS MIS CES MESSAGES DANS MON COFFRE ? QUI SONT ALICIA ET PRINCESSE DE LUNE ?!?
POURQUOI VOTRE COFFRE ÉTAIT-IL RESTÉ OUVERT ?!
MON MARI ET MOI, FAISONS PARTIE DU KU-KLUX-KLAN ! NOUS SOMMES EN DÉSACCORD AVEC LA POLITIQUE DES DÉMOCRATES ! MON MARI A TUÉ DEUX NÈGRES ET IL EST EN PRISON POUR LONGTEMPS !... JE HAIS CE ROOSEVELT...!!
JE NE SUIS PAS OBLIGÉ DE VOUS CROIRE...!?
UN CAPITAINE DES SERVICES DE RENSEIGNEMENT AMÉRICAIN EST PERSUADÉ QUE VOUS ATTAQUEREZ PEARL HARBOUR ! IL PRÉTEND QUE CES LETTRES SONT ENVOYÉES DE TOKYO, EN CODE, POUR RÉVEILLER UN AGENT CACHÉ À HAWAÏ...!
PEARL 31

NOUS NE SOMMES PAS EN GUERRE AVEC L'AMÉRIQUE !?
ALORS, POURQUOI REVENEZ-VOUS À HAWAÏ CLANDESTINEMENT, MONSIEUR SHIMA ? PENSEZ-VOUS ME DUPER AVEC VOS FAUSSES LUNETTES ?...
...JE DEVINE MIEUX LES INTENTIONS DES GENS ! LE KU-KLUX-KLAN EST UNE SECTE RACISTE, MISS TOMPKINS !!...
QU'IMPORTE NOS DIVERGENCES...
...CES LETTRES SONT ABSURDES !!...
COMME ALICIA !!!... IMAGINEZ UN HOMME SE GONFLANT D'HORMONES POUR CHANGER SA SILHOUETTE ET PLAIRE À SES "AMANTS" !...
PARLEZ PLUS BAS !... C'EST DÉPLAISANT...!!
DOIS-JE VOUS PARLER DU "CORPS MOITE D'UN FRÈRE MEXICAIN" ?"... D'UN MARIAGE JAPONAIS OÙ ALICIA S'EST "RENDU" À CONTRECOEUR ?...
VOUS VOUS VENGEZ, PARCE QU'IL VOUS A JETÉE À L'EAU !...!??
...ET J'AURAIS ÉCRIT CES LETTRES DANS VOTRE SALLE DE BAIN ! J'AURAIS DEVINÉ SA POITRINE GONFLÉE QUI LE REND "BELLE" ENTRE VOS BRAS ?!?
...VOUS ÊTES UN HOMME PASSIONNÉ, MONSIEUR SHIMA !... VOTRE DÉPART POUR TOKYO EN LAISSANT VOTRE "AMANT" DANS LES BRAS DE DJONGHI DEVAIT BIEN VOUS DÉPLAIRE...
...LES IMPRIMEURS ONT DES FEMMES INTELLIGENTES...!...!? ET, QUI SERAIT PRINCESSE DE LUNE...?...
JE L'IGNORE...!...!?
...LORSQUE DE VIEUX JAPONAIS VONT DANS LES SOUS-BOIS POUR DÉTERRER DE JEUNES POUSSES DE BAMBOU, ILS ESPÈRENT, AU FOND DE LEURS RÊVES, VOIR UN TRONC DE BAMBOU S'ILLUMINER, QUI SIGNALERAIT LA PRÉSENCE D'UNE PRINCESSE DE LUNE...
...ALORS, SELON UNE LÉGENDE, CETTE PRINCESSE DE LUNE LEUR APPORTE RÉCONFORT ET RICHESSE JUSQU'À LA FIN DE LEUR VIE...
PRENEZ-MOI AU SÉRIEUX, MONSIEUR SHIMA ! JE VOUS APPORTE DES CARTES MAÎTRESSES !!...
JE N'AIME PAS LES TRAÎTRES !!...

ESQUIRE
DICKENS
PLATE STEALER
HUMBLE
...C'EST VRAIMENT BIEN AIMABLE À VOUS ... !
...REMERCIEZ LE HASARD ! J'AURAIS PU NE JAMAIS REMARQUER LES VALISES QUE VOUS AVIEZ LAISSÉES TRAÎNER SUR VOTRE SIÈGE ! IL NE FAUT PAS TROP TENTER LES GENS, MADAME ...
...MERCI ENCORE POUR LES AVOIR GARDÉES, SERGENT ! ... J'AI ÉTÉ ÉTOURDIE ...
CALICO KITCHEN
BEER
MABEL HINES PET FOOD & SUPPLIES
MABEL PET FOOD
PEARL 33

HELLO, SARAH ! VOUS LES AVEZ RETROUVÉES...!?!
!
QU'EST-CE QUE VOUS FAITES LÀ ?!???
VOUS VOULEZ TOUT FOUTRE EN L'AIR !!!??...
VOYONS...?..., SARAH !?!...
FICHEZ LE CAMP, STUPIDE CHARLOT !!... VOUS ÊTES UN EMMERDEUR !!...
MAIS, BARRE-TOI, VIEUX CHAUVE !??!!!?
?!

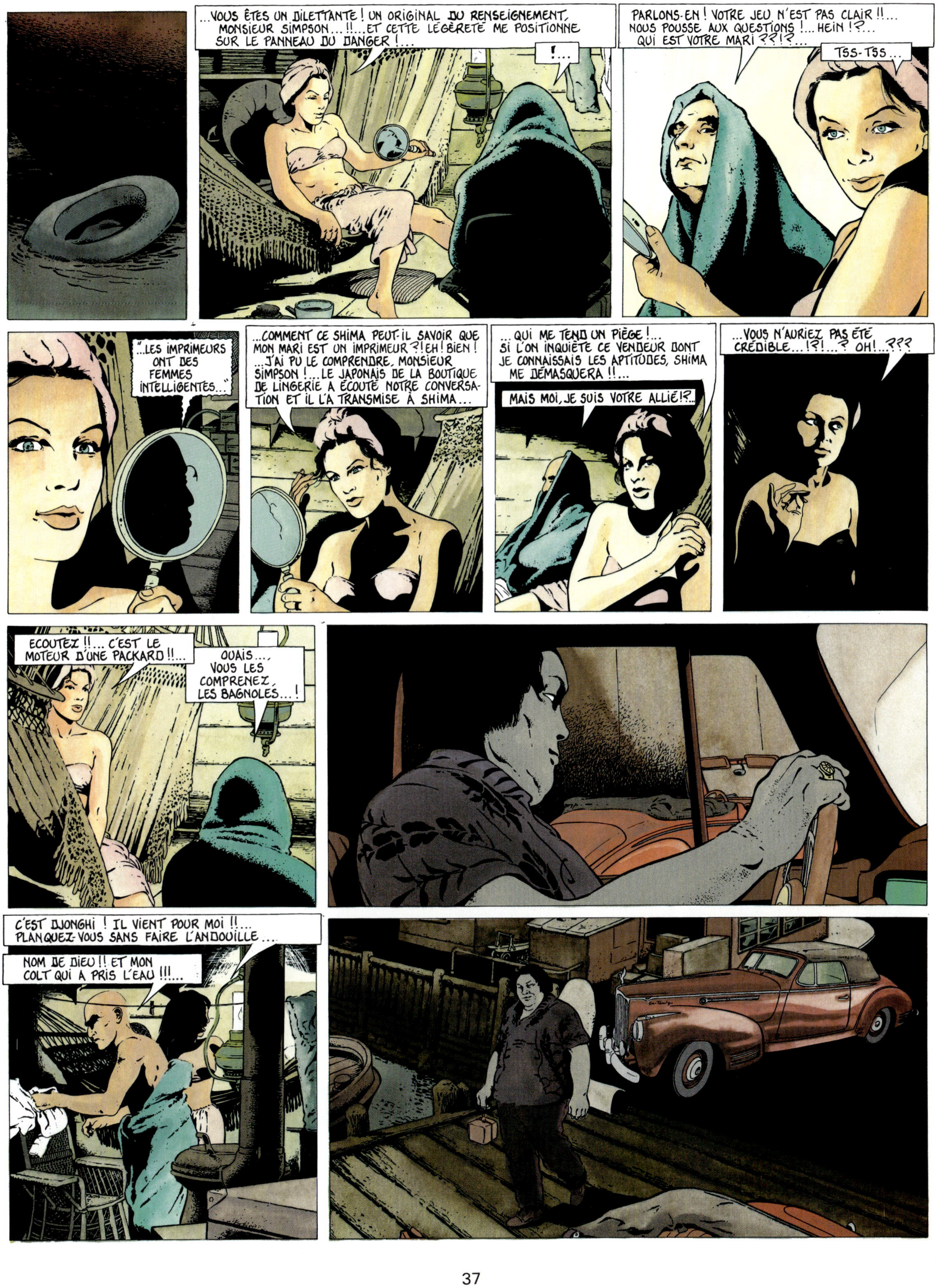
...VOUS ÊTES UN DILETTANTE ! UN ORIGINAL DU RENSEIGNEMENT, MONSIEUR SIMPSON...!!...ET CETTE LÉGÈRETÉ ME POSITIONNE SUR LE PANNEAU DU DANGER !...
!...
PARLONS-EN ! VOTRE JEU N'EST PAS CLAIR !!... NOUS POUSSE AUX QUESTIONS !... HEIN !?... QUI EST VOTRE MARI ??!?...
TSS-TSS...
"...LES IMPRIMEURS ONT DES FEMMES INTELLIGENTES..."
...COMMENT CE SHIMA PEUT-IL SAVOIR QUE MON MARI EST UN IMPRIMEUR ?!EH ! BIEN ! ...J'AI PU LE COMPRENDRE, MONSIEUR SIMPSON !...LE JAPONAIS DE LA BOUTIQUE DE LINGERIE A ÉCOUTÉ NOTRE CONVERSATION ET IL L'A TRANSMISE À SHIMA...
...QUI ME TEND UN PIÈGE !... SI L'ON INQUIÈTE CE VENDEUR DONT JE CONNAISSAIS LES APTITUDES, SHIMA ME DÉMASQUERA !!...
MAIS MOI, JE SUIS VOTRE ALLIÉ !?...
...VOUS N'AURIEZ PAS ÉTÉ CRÉDIBLE...!?!...? OH!...???
ECOUTEZ !!... C'EST LE MOTEUR D'UNE PACKARD !!...
OUAIS..., VOUS LES COMPRENEZ, LES BAGNOLES...!
C'EST DJONGHI ! IL VIENT POUR MOI !!... PLANQUEZ-VOUS SANS FAIRE L'ANDOUILLE...
NOM DE DIEU !! ET MON COLT QUI A PRIS L'EAU !!!...

TOUM
TOUM
PLOK
!
PLOK... PLOK...
!?
PLOK... PLOK...

!
CHOJOBS !!?
...T'ES SUR LE SENTIER DE LA GUERRE, GERONIMO ?!!?
...SALE GOSSE !! ...TU FAIS SILENCE, HEIN ?!!!...
CHUTTT...
PLOK

PEARL 37

PEAR
38

PET FOOD & SUPPLIES
C'EST UN AS ! L'AN DERNIER,...TAU...TOLOGIQUE A DÉCHIFFRÉ LE CODE DE LA MARINE JAPONAISE, CE QUI NOUS AIDE...RABLE...
TOK
DITES-MOI, CAPITAINE...,VOUS ME DONNEZ UN RÔLE DANS VOTRE ROMAN...?
LE "PRINCESSE DE LUNE"...?!?...
AHH !...SI C'ÉTAIT UN ROMAN, J'ÉCRIRAIS UNE HISTOIRE D'AMOUR, MA PETITE CHRISTINE !...SANS CADRE DRAMATIQUE, NI SUJETS PÉNIBLES...
UN TUTTI FRUTTI ROMANTIQUE !!... VOYONS, CAPITAINE, JE SAIS QUE VOUS ÉCRIVEZ UN ROMAN NOIR ! ET J'ADORE LES POLICIERS..., LEURS AMBIANCES...
...IL FAIT NUIT COMME MAINTENANT, ET LE TUEUR VA NOUS TÉLÉPHONER...!!?! OH !? OOH !!?
DRIING

PEARL 39

JE VOUS AVAIS PRÉVENU, ROCHEFORT ! LES GARS D'EN FACE SONT PAS DES JOUEURS DE BILLE !...
VOUS AVEZ TUÉ SARAH POUR VOUS PROTÉGER ! UN AGENT QUI ALLUME UN ALLIÉ DEVIENT UN TRAÎTRE !...
SHIMA N'A PAS CRU AU DISCOURS DE CETTE IDIOTE QUI VOULAIT ME DOUBLER ! C'ÉTAIT CELA, VOTRE "PENTIMENTO", HEIN ?!... ET APRÈS, VOUS M'AURIEZ FLINGUÉ !!!...
...DANS L'ORDRE DES POSSIBILITÉS...
OK ! SHIMA VOUS A DRESSÉ UNE TOILE ET JE SUIS REDEVENU LE PION INDISPENSABLE !... JE N'AI PLUS DE RIVAL...
...NI DE MÉDICAMENTS ! TENEZ, JE RESSENS DANS VOTRE DIALOGUE UN TROP-PLEIN D'AGRESSIVITÉS DÛ À CE MANQUE D'HORMONES...!... VOUS DEVRIEZ REPRENDRE VOTRE TRAITEMENT, "MON" CHER, ET JE VOUS SUGGÈRE UNE CHOSE...
OUAIS !... DE REPRENDRE VOS LIVRAISONS, SI VOUS VOULEZ DU JOB CORRECT !... DU "GRAS", ROCHEFORT...
DES INFORMATIONS !?! OUI, BIEN SÛR ! TENEZ, J'EN AI UNE À VOUS DONNER !... C'EST CHOJOBS QUI VOUS DÉLIVRERA LES MÉDICAMENTS !... À TROP NOUS FRÉQUENTER, IL EN PERD SON JAPONAIS... !
CHOJOBS ?!! SES CENDRES ?!!!?
C'EST MIRACULEUX ! IL N'ARRÊTE PAS DE JOUER AU BALLON ET J'AI DU MAL À VOUS ÉCRIRE, "CHÈRE ALICIA"...
VOUS BLUFFEZ, ROCHEFORT ! VOUS VOULEZ TOUJOURS ME CONTRAINDRE DANS CE JOB DANGEREUX !... !?...?
...LE PLUS DANGEREUX, C'EST VOUS,..."FOLLE"...
Chère Alicia,
Comme je te l'ai promis, un lutin jaune te délivrera des colères de ton corps et tu finiras bien par épouser les formes d'une princesse !
De lune ou de feu ?
Comme la déesse Pelé qui règne sur les volcans d'Hawaï...
On raconte qu'elle tomba amoureuse de deux chefs de tribus qui finirent par la reconnaître et s'enfuirent !
Furieuse, Pelé frappa le sol et d'énormes fleuves de lave vomirent sur les pentes de l'île tuant et figeant tout !
On raconte que les aiguilles du volcan sont des hommes, et ses coulées, des femmes...
Sur les quais du Sunoma, à la prochaine lune d'argent, notre lutin jaune te remettra de quoi araser les derniers pitons de ton histoire...
Je ne t'écrirai plus, chère Alicia.
C'est promis...
Princesse de lune
SUNOMA

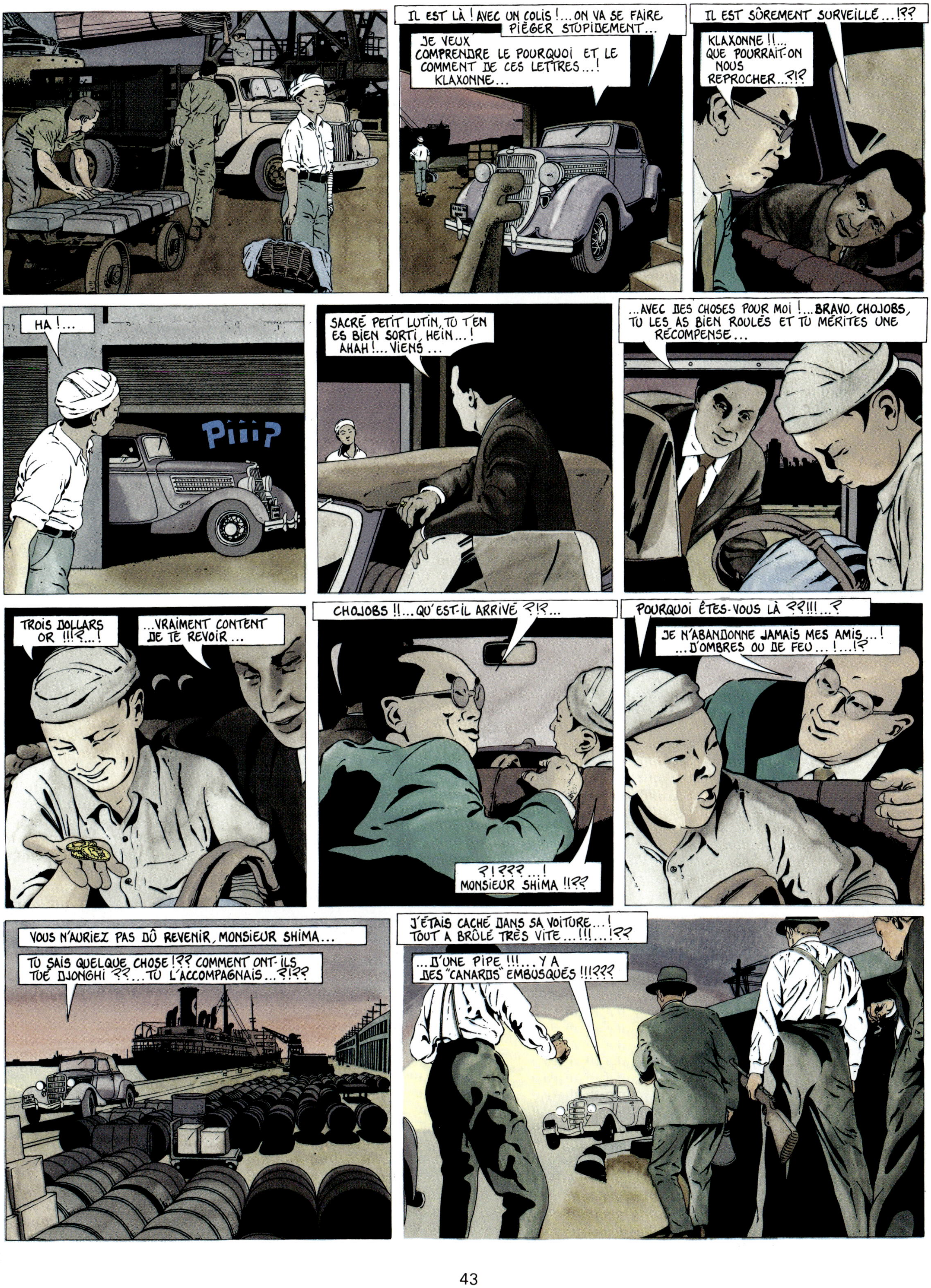

IL EST LÀ ! AVEC UN COLIS !... ON VA SE FAIRE PIÉGER STUPIDEMENT...
JE VEUX COMPRENDRE LE POURQUOI ET LE COMMENT DE CES LETTRES...! KLAXONNE...
IL EST SÛREMENT SURVEILLÉ...!??
KLAXONNE !!... QUE POURRAIT-ON NOUS REPROCHER...?!?
HA !...
PIIIP
SACRÉ PETIT LUTIN, TU T'EN ES BIEN SORTI, HEIN...! AHAH !... VIENS...
...AVEC DES CHOSES POUR MOI !... BRAVO, CHOJOBS, TU LES AS BIEN ROULÉS ET TU MÉRITES UNE RÉCOMPENSE...
TROIS DOLLARS OR !!!?...!
...VRAIMENT CONTENT DE TE REVOIR...
CHOJOBS !!... QU'EST-IL ARRIVÉ ?!?...
?!???...! MONSIEUR SHIMA !!??
POURQUOI ÊTES-VOUS LÀ ??!!!...?
JE N'ABANDONNE JAMAIS MES AMIS...! ...D'OMBRES OU DE FEU...!...!?
VOUS N'AURIEZ PAS DÛ REVENIR, MONSIEUR SHIMA...
TU SAIS QUELQUE CHOSE !?? COMMENT ONT-ILS TUÉ DJONGHI ??... TU L'ACCOMPAGNAIS...?!??
J'ÉTAIS CACHÉ DANS SA VOITURE...! TOUT A BRÛLÉ TRÈS VITE...!!!...!??
...D'UNE PIPE !!!... Y A DES "CANARDS" EMBUSQUÉS !!!???
PEARL 41

LES GENS DU CONTRE-ESPIONNAGE !!...!
ILS NOUS COINCENT !... TOUTES CES LETTRES, C'ÉTAIT POUR NOUS PIÉGER !! ILS ONT SÛREMENT CACHÉ DES CHOSES COMPROMETTANTES DANS LE PANIER DE CHOJOBS !!...
T'ES LEUR COMPLICE, HEIN !!?
NON, M'SIEUR !... J'POUVAIS RIEN !!... C'EST VOUS !!...
TAIS-TOI ! LES P'TITS TRAÎTRES DANS TON GENRE S'EN SORTENT SOUVENT AVEC DES CHEMISES DE BUVARD...
HOLÀ ! EN ARRIÈRE !! ... NOTRE "JULIETTE" PERD SES DERNIÈRES PÉDALES !!... TIREZ PAS !!!...
CHOJOBS !! RESTE ICI !!!...
J'VAIS TIRER !!...
NON !!!
ARRÊTE !!...
BRAVO, P'TIT !!...
LAISSEZ-MOI ! J'VEUX ÊTRE SEUL, MAINTENANT !...
JETTE TON ARME ET LEVONS LES BRAS !... C'EST DE LA PROVOCATION...!
NON ! NON !! C'EST PLUS POSSIBLE !...
ILS VONT NOUS SÉPARER ET NOUS ENCAGER ! PLONGE DANS LE BASSIN ! J'TE COUVRE !!...
MAIS NON ! LÈVE LES BRAS ! ...ON SE REND !!...
PAN

CE DINGUE A TIRÉ !!?
NON !!... QUELQU'UN L'A "CADRÉ" !!??
IL EST MORT !?...?!...
...TOUT CE QU'IL Y A DE PLUS INUTILISABLE...!...
LÀ ! L'OMBRE QUI FUIT !!... C'EST LE TUEUR !!...?
PAW PAW
PAW
OW !!...?
Colonial Bar

LES TRACES DE SANG QUE L'OMBRE TRAÎNAIT COMME UN POUCET ONT AMENÉ NOS GARS AU BAR COLONIAL...
...UN ENDROIT CHAUD, PRÈS DU PORT, OÙ LES TRACES DISPARAISSENT... C'ÉTAIT UNE FEMME ! L'AMIE DE DJONGHI ?! LA NAGEUSE QUE VOUS AVIEZ OBSERVÉE, SIMPSON, LORSQU'ELLE NAGEAIT DANS LE BASSIN DES CROISEURS...?
ON LA RECHERCHE...! SHIMA A ÉTÉ EXPULSÉ, PROTÉGÉ PAR SON STATUT DIPLOMATIQUE !... AVANT DE PARTIR, IL EST ALLÉ PORTER UNE GERBE SUR LA TOMBE DE NOTRE "HOMME", QUI AVAIT CONFONDU POUR NOTRE MALHEUR LA SOIE ET LA FLANELLE...!... QUEL GÂCHIS !... "ALICIA" NOUS A BOUSILLÉ UN LONG TRAVAIL QUI AURAIT DÛ L'INTRODUIRE AU COEUR DU RÉSEAU JAPONAIS...!
LES LETTRES, C'ÉTAIT VOUS, CAPITAINE...?!...
J'AI TOUT TENTÉ POUR RAISONNER CE FOU !... L'IMPRESSIONNER, LE MENACER, BLOQUER LES MÉDICAMENTS QU'IL NOUS RÉCLAMAIT POUR FÉMINISER SON CORPS...! IL ÉTAIT DEVENU "L'ÉPOUSE" FIDÈLE DE SHIMA !...
UNE FOIS, J'AI PENSÉ LE RÉCUPÉRER...! LORSQUE SHIMA S'EST MARIÉ, LAISSANT "ALICIA" SUR NOS ÎLES...! EN FAIT, C'ÉTAIT TOUTE UNE MISE EN SCÈNE POUR NOUS LEURRER ET OBSERVER NOS PIÈGES !...
SIMPSON A ÉTÉ ABUSÉ ET SARAH FUT AUSSITÔT CIBLÉE LORSQUE, CROYANT SHIMA AU JAPON, ELLE A PLACÉ DANS LE COFFRE DU CONSUL MES LETTRES COMPROMETTANTES...
...CES LETTRES AURAIENT PU ABUSER LE CONSUL, MAIS PAS UN HOMME D'EXPÉRIENCE COMME SHIMA !!...
..."ALICIA" S'EST MÊME PERMIS DE ME NARGUER AU TÉLÉPHONE...

SARAH ÉTAIT CIBLÉE ! MAIS J'ESPÉRAIS ENCORE INTRODUIRE UN ÉLÉMENT DE DOUTE DANS "LE" COUPLE !... ON AVAIT ÉTOFFÉ VOLONTAIREMENT LE PERSONNAGE DE SARAH ! AINSI, SON ALLIANCE NOIRE DONNAIT DE LA CRÉDIBILITÉ À LA THÉORIE D'UNE VENGEANCE VIS-À-VIS DE SON PAYS, SUITE AUX AGISSEMENTS D'UN PSEUDO-MARI DANS LE KU-KLUX-KLAN..., LE PRÉTENDU ASSASSINAT DE DEUX NOIRS... ETC...
...ALORS QUE SON MARI VENDAIT DES BAGNOLES !?!
JE NE SAIS PAS D'OÙ VIENT CE BOBARD !??!... PEUT-ÊTRE DE SARAH ELLE-MÊME POUR SE DÉBARRASSER D'UN MÂLE UN PEU COQUIN... !? SARAH N'A JAMAIS ÉTÉ MARIÉE...
?! ELLE S'Y CONNAISSAIT POURTANT BIEN, EN BAGNOLE !??!...!?...
C'ÉTAIT UNE GRANDE PROFESSIONNELLE, CE QUE VOUS N'ÊTES PAS, SIMPSON !... VOUS AVEZ TOUT DÉRANGÉ !! VOUS DEVIEZ LA PROTÉGER DISCRÈTEMENT ET VOUS VOUS ÊTES DÉCOUVERT...
VOUS AURIEZ DÛ NOUS PRÉVENIR ...?!!?
LÀ, JE SUIS D'ACCORD AVEC SIMPSON, CAPITAINE...!?
...ON AVAIT MÊME FEINT D'ÉGARER SES VALISES POUR QU'UN EMPLOYÉ DES DOUANES D'ORIGINE JAPONAISE PUISSE LES APPROCHER ET CONFIRMER LE SCÉNARIO DRESSÉ...! ON ESSAYAIT DE LES DUPER...
...EN NOUS UTILISANT COMME DES MARIONNETTES !... ET SARAH EST MORTE !!...
ELLE CONNAISSAIT LES RISQUES !... LA GUERRE S'ÉTEND DANS LE MONDE ET ON ESSAIE DE PRÉSERVER NOTRE PAYS D'UNE PAREILLE CALAMITÉ... ET MOI, JE LUTTE, TERRÉ DANS CE BUREAU PENDANT QUE VOUS JOUIEZ AU DÉTECTIVE SUR LES PLAGES D'HAWAÏ, SIMPSON !!...
...!...MERCI, CAPITAINE !...,... JE VOUS PRÉSENTERAI UN DOSSIER POUR MA DÉMISSION ... !...
COLONIAL BAR
TOUT DE MÊME, ROCHEFORT, VOUS AURIEZ PU, AU MOINS, ME PRÉVENIR À PROPOS DE CES LETTRES !...!? JE SUIS VOTRE SUPÉRIEUR ...!...!!
C'EST EXACT, COLONEL...! J'AI UN MÉCHANT PENCHANT POUR L'ÉCRITURE ET JE CROIS QUE VOUS DEVRIEZ ME PRÊTER VOTRE PERROQUET...
RAPPORT DU 26 SEPTEMBRE 41 SUR LES PROPOS ET LES CONCLUSIONS DU CAPITAINE ROCHEFORT ET DE SON SUPÉRIEUR HIÉRARCHIQUE, LE COLONEL FOLSEY DU QUATORZIÈME DISTRICT NAVAL DE PEARL HARBOUR ! DOSSIER A-S-P A, COMME "ALICIA" ; S, COMME SHIMA ; P, COMME PRINCESSE DE LUNE !!... TRANSMIS EN DOUBLE COPIE AUX ARCHIVES DU RENSEIGNEMENT NAVAL ET À LA COMPTABILITÉ, POUR CE QUI CONCERNE LES FRAIS JUSTIFIÉS ... !

PEARL 45

PRINTED IN BELGIUM BY proost INTERNATIONAL BOOK PRODUCTION